Renate Sültz & Uwe H. Sültz

Autorenteam Sültz auf Sylt

SONDERDEZERNAT HÖRNUM 1

BoD - Books on Demand

Norderstedt 2016

Bibliografische Information durch die
Deutsche Nationalbibliothek

Die Deutsche Nationalbibliothek
verzeichnet diese Publikation in der
Deutschen Nationalbibliografie; detaillierte
bibliografische Daten sind im Internet über
http://dnb.dnb.de abrufbar.

Herstellung und Verlag: BoD – Books on
Demand, Norderstedt

ISBN 978-3-837-02056-4

4

Vorwort

Sie erleben die Gründung des
SONDERDEZERNAT H1. Was hat es mit der
UFO-Sichtung auf sich? In den 1960'er
Jahren fuhren Polizeibeamte auch noch mit
der Sylter-Inselbahn.

12 spannende Geschichten beinhaltet das
Buch SONDERDEZERNAT H1, unter der
Mitwirkung von Kommissar Hans
Schemberg, sowie Gastautor KOLI aus
Tinnum. Zeitlich reichen die Geschichten
von 1964 bis in die Gegenwart
und darüber hinaus.

Inhalt

SONDERDEZERNAT H 1 – Die Gründung

Seinen Colt trug er locker im Halfter. Den Hut trug er tief ins Gesicht gezogen. Der lässige Gang dazu. Und jeden Morgen stieg er in die riesige, schnaufende Eisenbahn, um ins Sheriff Office zu kommen. Genau so stellte sich der 8 jährige Martin den Job seines Vaters vor… genau so!

Nun, so war der Beruf von Kriminalhauptmeister Werner Feddersen nun wirklich nicht, ganz im Gegenteil. Familie Feddersen wohnte in Hörnum auf Sylt. Zurzeit taten zwei Polizeibeamte in der Dienststelle Süd ihren Dienst. Es war Anfang der 1960' er Jahre. Jeden Tag fuhr Kriminalhauptmeister Feddersen mit der Sylter-Inselbahn bis Westerland, in der dortigen Dienststelle wurden Neuigkeiten ausgetauscht. Von dort ging es dann weiter bis nach List. Wenn Kriminalhauptmeister Feddersen dann endlich wieder bei seiner Familie war, waren die Stiefel und die Uniform vollkommen sandig. Seine Browning HP ließ er meist verschlossen im Waffenschrank zu Hause. Seine Frau Sabine brachte zunächst einmal die komplette Dienstkleidung wieder in Ordnung, während ihr Mann das Mittagessen verschlang und auf die vielen Fragen seines Sohnes eingehen musste. „Papa, musstest du heute deine Waffe benutzen? Wie weit schießt eigentlich so eine Browning? Und was heißt HP?", Martin war jeden Tag von diesem Beruf beeindruckt und vom Vater sehr fasziniert. „Nein Sohn, auch heute waren alle auf der Insel so brav wie du. Da musste ich weder jemanden verhaften, noch einsperren. Und das Schießeisen sollte man am besten nie benutzen. Das HP bedeutet übrigens High Power.", antwortete der Vater. „Ja, High Power kenne ich aus meinen Batman-Heften. Und so eine Kanone hat mein Vater auch." Stolz machte sich Martin auf in sein Zimmer um in seinen Comic-Heften zu lesen.

„War es wirklich ein ruhiger Tag?", fragte Sabine. „Eigentlich schon, Schatz. Ich telefonierte heute mit Hans in NRW. Er fragte mich, ob ich mit dem Schießeisen gut auskommen würde, dabei habe ich doch noch gar nicht damit geschossen.", lachte

Werner. „Hoffentlich stellt man unserer Dienststelle bald einen Dienstwagen zu Verfügung. Demnächst sind auch Aufgaben auf dem Festland zu erledigen.", so Werner weiter.

Werner und Hans Schemberg, mit dem heute telefoniert wurde, kennen sich aus dem zweiten Weltkrieg. Beide sind jetzt 42 Jahre alt und dienten auf dem Schlachtschiff Tierpitz. Beide hatten das große Glück, ausgerechnet an dem Tag, als die Tierpitz 1944 im Krieg versenkt worden ist, an Land gewesen zu sein. Hans Schemberg ging dann zur Polizei in NRW und Werner trieb es durch die Liebe in den Norden. Freunde sind sie ein Leben lang und werden es nach den Erlebnissen immer bleiben.

Was Werner seiner Frau nicht sagte, dass es immer mehr Schmuggler an den Häfen gab. Ein Polizeibeamter wurde in List gestern Abend zusammengeschlagen. Die vier Dienststellenleiter von Hörnum, List, Keitum und Westerland trafen sich daher öfter, um über eine bessere Koordination und ein schnelleres Eingreifen zu diskutieren. Beim nächsten Treffen wurde auch der Dienstleiter der Wasserschutzpolizei von Schleswig-Holstein eingeladen.

Der Alltag von Kriminalhauptmeister Feddersen war also doch eher trist bis Anfang der 1960'er Jahre. Dann kam der große Boom auf die Insel, damit auch ganz neue Probleme. Am Morgen des 6. Juni 1964 wurde Kriminalhauptmeister Feddersen zu einem Tatort in Tinnum gerufen. Übrigens hatte der Kommissar nun seinen ersten Dienstwagen, einen VW Käfer. Ein Urlauber wurde durch einen viel zu schnell fahrenden Wagen angefahren. Leider überlebte der Urlauber nicht. Alle warteten auf Kriminalhauptmeister Feddersen. „Moin, Herr Kriminalhauptmeister. Können wir den Toten abholen lassen?", fragte ein Beamter der Dienststelle Westerland. „Ich will erst noch einen Blick werfen.", entgegnete Feddersen. Der Mann wurde auf dem Bürgersteig erwischt. War es Alkohol am Steuer? Es gab keine Bremsspuren. Der Bordstein war beschädigt. Kriminalhauptmeister Feddersen fiel weiterhin auf, dass die Armbanduhr des Toten blaue Lackspuren aufwies.

„Lagebesprechung in der Dienststelle.", ordnete Feddersen an. „Was haben wir? Fahrerflucht. Einen Lacksplitter in Blaumetallic. Seitdem Sylt boomt ist hier die Hölle los. Alkohol am Steuer. Geschwindigkeitsüberhöhung. Einbrüche und unser Schmuggelproblem.", fasste Kriminalhauptmeister Feddersen zusammen. „Wir müssen uns zusammenschließen, auch mit der Wasserschutzpolizei. Lasst uns ein Dezernat gründen und beantragen.", so Feddersen weiter. „Dann brauchen wir ein Morddezernat, ein Umweltdezernat, ein Schmuggeldezernat…!", sagte ein Kollege. „Halt, halt, Jürgen! Machen wir es kurz", schlug Feddersen vor, „ ich dachte dann an ein Sonderdezernat für alle unsere Belange." „Du hattest ja immer schon die Idee und hast dein Hörnum mit dem Hafen gut im Griff. Dann schlage ich Sonderdezernat H1 vor. H wie Hörnum.", sagte Kriminalobermeister Gerd Hamelau aus List. Alle waren sich darüber einig und einigten sich auch, auf Kriminalhauptmeister Feddersen als Dezernatsleiter.

Einige Tage später fuhren Sabine und Werner Feddersen zum Essen nach Westerland. Danach gab es noch ein gutes Glas Wein in Kampen. Hier war ordentlich etwas los. Schicke und teure Autos, Champagner, ein Outfit eleganter als das andere. An der Bar bestellten beide ein Glas Wein und freuen sich auf das neu gegründete Sonderdezernat H1. Aber so richtig freuten sich die Eheleute nicht in dieser Umgebung. „Werner, lass' uns gleich nach Hause fahren, das ist doch nicht unser Ding hier.", sagte Sabine. „Du hast Recht, nehmen wir lieber gemütlich noch ein Glas Wein bei uns, mein Schatz.", so Werner. „Aber warte einmal, ich habe da etwas bemerkt, gehe bitte schon zu unserem Auto."

Sabine verlässt die Bar, Werner bezahlt und geht dann auf einen Mann zu, der sich eine Zigarre mit einem Hundertmarkschein anzündet. „Moin, Kriminalhauptmeister

Feddersen, Kripo Sylt." „Was ist los, ist das etwa verboten?", motzt der Gast. „Nein, aber ich rieche Heroin. Gegen das Verbrennen von ihrem Geld ist nichts einzuwenden. Weisen sie sich bitte aus.", so der Kriminalhauptmeister. „Hab' jetzt nichts dabei, alles im Porsche.", schnauzte der Mann. „Dann gehen wir jetzt zu ihrem Wagen.", ordnet Feddersen an.

Am Porsche 911 angekommen, öffnete der Mann seinen Kofferraum vorne und griff nach seiner Jacke. „Was ist das denn? Hat ihnen die blaue Farbe ihres nagelneuen Porsche nicht gefallen?", staunte der Kommissar. Er sieht, dass der Kofferraum in Blaumetallic lackiert war, während der Lack außen in Viperngrünmetallic ist. „So ist es, war eine Scheißfarbe.", lallt der Mann, der anhand seiner Papiere Detlef Kofner heißt. Kommissar Feddersen schaute sich den Porsche nun ganz genau an. „Mmm, Stahlfelgen auf diesem Porsche, gehören da nicht diese neuen Fuchsfelgen drauf?" Feddersen ließ Detlef Kofner abführen. Zum einen konnte er nicht mehr mit seinem Auto wegen des Alkoholkonsums fahren.

Zum anderen wegen Verdachts auf Tötung eines Fußgängers mit Fahrerflucht.

Nun ging alles sehr schnell. Beamte in Keitum fanden die Lackiererei in der der Porsche umlackiert wurde. Die Fuchsfelgen standen auch noch in der Halle. Eine Felge hatte eine schwere Beschädigung. So nahm alles seinen Lauf.

Und was Porsche angeht, Kriminalhauptmeister Feddersen musste nun öfter als Sonderdezernatsleiter aufs Festland und fährt nun einen Porsche 356, mit Blaulicht natürlich.

Inseldiamanten

Es war kein Blitzüberfall in Kampen. Nicht
einmal eben mit der Knarre rein, Geld raus
und abhauen. Von der Insel kommt
niemand unerkannt. Schon gar nicht in den
1970'er Jahren. Außerdem kannte
Kriminalhauptmeister Werner Feddersen
alle. Also so ging es nicht. Die 5 Männer
haben sich wirklich gut vorbereitet. Sie
wussten auch, was Feddersen für ein harter
Hund war. Also musste es eine perfekte
Vorbereitung sein. Im Sommer kamen also
5 Männer getrennt auf die Insel. Mit Bahn
und Auto, getarnt als Urlauber. Der Eine mit
Koffer, der Andere mit Rucksack, sogar mit
einem alten Kinderwagen. Am Strand von
Westerland bereiteten sie ihren Coup
gründlich vor.

Zunächst kundschafteten sie alle Juweliere
auf der Insel aus. Wie waren die Türen
gesichert, wie viele Angestellte gab es, wie
waren die Geschäftszeiten, und so weiter.
Fündig wurden sie bei Theo Müller in
Kampen. Juwelier Müller war auch
Goldschmiedemeister. Er fertigte viele

schöne Schmuckstücke aus Gold für seine Kundschaft ganz individuell an. Da kam es nicht auf einen Tausender an. Hauptsache von der Insel sollte es sein. Theo Müller hatte immer eine gute Reserve Feingold auf Lager.

Außerdem wurden die Männer noch in Westerland fündig. Sie studierten auch dort die Alarmanlage und die Schlösser.

Als nächstes mieteten die 5 Männer ein Ladenlokal in Westerland. Viel Werbung wurde betrieben, um auf das neue Geschäft aufmerksam zu machen. In großen Buchstaben stand der Name über dem Geschäft: AUKTIONSHAUS & ANTIQUITÄTEN BERND HASEN

Nun organisierten sie zur Neueröffnung in 3 Wochen eine Verlosung. Lose wurden gedruckt, Plakate aufgehängt und sie selbst verteilten die Lose bei den Geschäftsleuten. Natürlich könnte man sie jetzt erkennen. Aber der Name Bernd Hasen kommt nicht von ungefähr. Die Männer traten natürlich im Hasen-Kostüm auf.

Wie konnte man es sich anders denken, die großen Hauptgewinne viele auf beide Juwelier-Geschäfte. Die Hauptgewinne waren ein Urlaub in den Bergen vom 22.12. bis zum 2.1. des Jahres. Die Geschäftsleute waren überglücklich… endlich einmal Urlaub über die Feiertage.

Verkleidet als Sicherheitstechniker besuchten sie die Juweliere, um die Alarmanlagen zu kontrollieren. Außerdem boten sie den Geschäftsleuten an, für nur 80 Mark eine tägliche Kontrolle durchzuführen. Das war natürlich ein Schnäppchen, sowie eine totsichere Absicherung.

Der Tag der Abreise kam. Mit einem Magnet simulierten die Ganoven nun einen Fehlalarm. Die Alarmanlage konnte daher nicht eingeschaltet werden. „Was soll ich jetzt nur machen? In 2 Stunden geht der Autozug aufs Festland.", fragte Theo Müller aufgeregt am Telefon. „Machen sie sich keine Sorgen, Herr Müller. Unsere Wachleute und der Techniker sind in etwa 3 Stunden bei ihnen. Wenn sie am Urlaubsort angekommen sind, werden sie von der Rezeption informiert, dass alles in Ordnung ist."

Alles nahm seinen Lauf. Mühelos waren die 5 Ganoven im Kampener Geschäft. Aus allen Schmuckstücken wurden nun die Brillanten herausgehebelt. Sie wurden in Muschelschalen gelegt und mit Wachs übergossen. Das Gold schmolzen die Ganoven und gossen es in Metallreservekanister. Jetzt ging es nach Westerland. Hier folgten die gleichen trainierten Handgriffe. Brillanten raus… Muschelschalen mit Brillanten und Wachs füllen… Gold schmelzen… Benzin-Kanister ins Auto bringen und nix wie weg.

Irgendwie hatte Theo Müller doch ein ungutes Gefühl. Gerade deswegen, weil er seine Konkurrenz aus Westerland ebenfalls am Hamburger Flughafen traf. „Meine Alarmanlage ist ausgefallen.", sagte er. „Meine auch.", sagte sie. Vom Flughafen aus rief Theo Müller sogleich in Hörnum an: „Hallo. Hier Müller, Theo Müller. Bitte Herrn Kriminalhauptmeister Feddersen bitte. …

Werner, hier Theo. Bitte überprüfe einmal mein Ladenlokal und das von Gerda Kolrep in Westerland. Wir haben einen schlimmen Verdacht."

Sofort machte sich Kriminalhauptmeister Werner Feddersen mit seinen Kollegen auf den Weg. Natürlich stellten sie sofort den Einbruch fest. „Hier liegen jede Menge Muschelschalen im Papierkorb, Chef. Sie sind mit Wachs gefüllt. Was sollte das werden? Konnte hier vor der Abreise keiner putzen?", fragte Polizeibeamter Dirk Nolte. Kriminalobermeister Hamelau schaute Werner Feddersen an und sagte: „Mensch Werner, die haben die Brillis in die Muscheln eingewachst."
Kriminalhauptmeister Werner Feddersen reagierte sofort. Er schnappte sich das Funkgerät: „Achtung! Großeinsatz! Lasst sofort den Autozug und die Fähre sperren. Niemand kommt von der Insel! Alle verfügbaren Kräfte teilen sich auf."

Feddersen nahm sich den Autozug vor. Gerd Hamelau fuhr sofort nach List zur Fähre. Feddersen schaute rein zufällig auf einen

Ford Transit. „Der ist ja echt sportlich tiefergelegt. Den überprüfen wir zuerst." Und tatsächlich standen Kisten mit Muscheln und jede Menge Benzin-Kanister im Laderaum.

Ja, Kriminalhauptmeister Werner Feddersen bekam sie alle… niemand kommt unbemerkt von der Insel Sylt runter.

Mord auf Platz 18

Die Sylter Inselbahn fuhr wie üblich, pünktlich von List nach Westerland. Kriminalobermeister Gerd Hamelau musste einen Einbrecher in das Gefängnis in Westerland bringen. Gerd Hamelau legte dem Mann Handschellen an und los ging es. Der angebliche Einbrecher beteuerte immer wieder seine Unschuld. „Herr Wachtmeister, ich war das nicht." „Zuerst einmal, bin ich kein Wachtmeister, sondern Kriminalobermeister. Dann muss ich sagen, der Richter hat das zu entscheiden. Trotzdem höre ich mir ihre Version gen an.", so Hamelau. Der Einbrecher begann: „Mein Name ist Hartmut Lehmann. Es war am 6. Februar 1964. In der dunklen Jahreszeit wurde viel eingebrochen. Ich beobachtete 3 Männer und verfolgte sie. Einige Bewohner der Siedlung in List dachten, dass ich der Einbrecher sei und überwältigten mich." „So, so. Na dann kann ihnen ja nicht viel passieren, Herr Lehmann.

Nun verhalten wir uns genau so ruhig wie der Herr mit Hut dort auf Platz 18."

Ansonsten saß noch auf Platz 5 die Putzfrau Margret Krause. Das alles sah der Kriminalobermeister natürlich mit seinem geschulten Blick. Plötzlich genau zwischen List und Kampen entgleiste die Inselbahn und kippte in die Düne. Gerd Hamelau wurde schwer verletzt. Hamelau kroch unter starken Schmerzen zum Herrn auf Platz 18. Er bemerkte, dass dieser schon Stunden tot war, von hinten erstochen. Margret versorgte sofort den Kriminalobermeister, der fand einen Brief und einen Polizeiausweis. Jetzt wurde Gerd Hamelau ohnmächtig. Plötzlich Schüsse. Lehmann kroch zu Hamelau und nahm die Schlüssel für die Handschellen an sich. Er öffnete sie und nahm Hamelaus Pistole. Die Pistole des toten Polizisten gab Lehmann dem Zugführer. Lehmann war Sportschütze. Er kletterte aus der Inselbahn und schoss auf die Personen in den Dünen. Der Zugführer blieb bei Gerd und Margret. Die umgekippte Inselbahn gab Schutz, die Düne nicht. Mit gezielten Schüssen traf Lehmann

2 Angreifer, ein weiterer ergab sich. Endlich kam Verstärkung. Kriminalhauptmeister Feddersen kam in seinem Dienstfahrzeug mit zwei weiteren Beamten. Hamelau kam zu sich. Lehmann übergab die Waffe. Der Tote war Kriminalmeister Dirk Jörnsen vom Festland. Im Brief stand: Nach unseren Informationen befindet sich auf der Insel Sylt eine Einbrecherbande. Der Gesuchte Norbert Jorschek wurde im Zug von einem Fahrkartenkontrolleur identifiziert. Vorsicht! Die Männer tragen Schusswaffen und machen auch davon Gebrauch. Kriminalmeister Jörnsen dient zur Verstärkung.

Weiterhin stellten die Beamten eine Manipulation an den Schienen fest. Lehmann bekam den ersten „Sylter-Orden" vom Bürgermeister verliehen.

Der Tote am Ellenbogen

Die Inspektoren Rene Brandt und Thomas Sörensen hatten eigentlich Urlaub. Sie wollten das warme und sonnige Wetter am Strand von List genießen. Plötzlich ertönte ein Song vom Sylter-Shanty-Chor. „Mensch, hätte ich doch mein Handy zu Hause gelassen.", jammerte Thomas. „Ist doch allerhand, dass man nicht einmal im Urlaub seine Ruhe hat.", sagte er wütend. Gert Hamelau vom Kommissariat in List, dort ist er der Boss, wie er immer lachend zu sagen pflegte, rief an. Er brüllte aufgeregt in den Hörer: „Wo seit ihr gerade Jungs?"… „Ich brauche euch dringend.", rief er mit Nachdruck in den Hörer. „Wie hast du wieder so schnell herausgefunden, dass wir Urlaub haben Gerd?", antwortete Thomas sauer.

„Gerade einmal einen Tag haben wir uns hier am Strand lang gemacht und du gehst uns schon wieder auf den Sack.", wetterte der Kommissar. Gerd Hamelau blieb gelassen und redete weiter, denn im Grunde verstanden sich alle prächtig:

„Drüben am Leuchtturm liegt eine Leiche, Leute. Das ist uns von einem Urlauber mitgeteilt worden." Der Tote scheint männlich zu sein, leider fehlt ihm der Kopf.", sagte Gert und räusperte sich dabei. „Hat sich wohl jemand als Andenken mitgenommen.", versuchte Rene einen Witz zu machen, um seinen Kollegen aufzuheitern, der sichtlich durch die Nachricht angeschlagen war. „Nein, das ist eine toternste Sache, den Kopf müsst ihr finden.", antwortete Gert Hamelau etwas ärgerlich. „Na ja gut, es bleibt uns wohl keine andere Wahl.", meinte Rene Brandt kleinlaut.

Schon kurze Zeit später, trafen die Kommissare am Tatort ein. Sie sperrten großflächig den Ort des Grauens ab und riefen die Spurensicherung an. Stofffetzen, Fußabdrücke von dicken Stiefeln und einige Jackenknöpfe wurden gefunden. „Scheinbar hat hier ein Kampf stattgefunden.", stellte Sörensen fest. Leider blieb der Kopf erst einmal verschwunden. Vorsichtig wurde die Leiche, die schon ausgeblutet war, in einen Plastiksack gesteckt und zur Obduktion gebracht. Die Kommissare Brandt und Sörensen veranlassten, die Gegend gründlich abzusuchen und notfalls mit dem Boot rauszufahren, um den Kopf zu suchen.

Einige Tage gingen die Untersuchungen in gleicher Weise weiter, bis Sörensen vorläufig die Aktion stoppte. Bei der Obduktion fand man erhebliche Mengen von Betäubungsmitteln im Magensaft des Toten. Der Mann war Mitte dreißig. Er hatte seine Papiere und seine Geldbörse noch bei sich. Ein Raubmord konnte so ausgeschlossen werden. Es handelte sich um einen Studenten, der wahrscheinlich ein wenig Urlaub machen wollte. „Nein.", sagte Thomas Sörensen. „Rene, wir müssen zum Tatort zurück.", sagte der Kommissar. Thomas war fest davon überzeugt, dass sie etwas übersehen hatten. Rene meinte: „Aber es ist doch alles gründlich abgesucht worden, die haben doch nichts gefunden." Aber Kommissar Brandt blieb bei seiner Vermutung. Sie fuhren los. Erst einmal gingen sie ausgiebig essen, denn auch Polizeibeamte bekommen einmal Hunger. Plötzlich klingelte wieder einmal überraschend, und dieses Mal mitten im Restaurant, das Telefon. Es war so laut, dass Thomas sich fast an seinem Krabbensalat verschluckte.

„Verdammt noch mal, langsam habe ich aber die Schnauze voll.", wetterte Thomas los und nahm wiederwillig das Gespräch entgegen. „Hamelau hier.", meldete sich eine resolute Stimme: „Wir haben herausgefunden, dass sich hier auf der Insel ein gefährlicher Psychopath versteckt hält, aber bislang ist er noch nicht gefunden worden. Zum Glück existieren Bilder von Gerd Hamelau. Die Kommissare Brandt und Sörensen wurden hellhörig. „Konkreter kann ich ihn leider nicht beschreiben, aber man kann ihn als äußerst gefährlich einstufen.", antwortete der Polizeibeamte Hamelau.

„Ist es eigentlich selbstverständlich, dass wir jedes Mal, wenn wir Urlaub haben Fälle lösen müssen, Thomas?", schimpfte Rene. Die Männer gingen noch einmal an den Tatort zurück. Überall lag Blut herum. Wieder suchten sie alles ab. „Halt!", rief

Thomas. „Komm' einmal bitte her Rene und sieh dir das an.", schrie er regelrecht hysterisch, denn er war immer noch genervt von dem Anruf. Kommissar Sörensen fand einen Erdhügel, der noch relativ frisch aussah. Es sah so aus, als wenn vor kurzem noch jemand etwas vergraben hätte.

„Leider müssen wir hier buddeln Thomas.", sagte Rene. „Ich glaube, wir werden eine Überraschung zu Gesicht bekommen.", meinte der Kommissar. Die Beamten waren nicht nur überrascht, sondern auch schockiert und angeekelt über den Fund. Sie gruben einen Kopf und etwas davon entfernt eine Kettensäge aus.

Am anderen Tag studierten sie eine Reihe von Fotos, die diesen Psychopathen zeigten. „Eigentlich eine unscheinbare Gestalt, er könnte bestimmt niemanden umbringen.", spekulierten sie. „Drüben in Westerland ist doch ein großer Strandkorbverleih, da steht immer einer drin mit Sonnenbrille und langem Bart.", überlegte Thomas. „Ich hab mir immer schon gedacht, ihn einmal zu überprüfen, denn ich glaube mit dem stimmt was nicht.", meinte er. Sie fuhren

los, das Wetter war herrlich und wieder
ärgerten sie sich über die unfreiwillige
Arbeit, die sie machen mussten. Die
Strandkörbe wurden reihenweise gemietet
und der Typ in dem Kassenhäuschen hatte
alle Hände voll zu tun.

Die beiden Kommissare mussten sich etwas
einfallen lassen, denn sie wollten
nachprüfen, ob seine Papiere in Ordnung
waren. Sörensen stellte sich kurz vor und
sprach ihn an: „Mein Kollege und ich haben
den Auftrag, alle Leute hier in der
Umgebung nach ihren Ausweisen zu
fragen." Er redete weiter: „Hier ganz in der
Nähe ist ein grausamer Mord geschehen,
ich glaube, sie haben davon schon in der
Zeitung und in den Nachrichten erfahren."
„Mein Kollege und ich müssen diesen
ekelhaften und grausamen Mord aufklären,
leider.", sagte Rene Brandt.

„Wir sind vom Sonderdezernat Hörnum 1.",
ergänzte Sörensen. Der
Strandkorbbetreiber wurde sichtlich
unruhig. „Ja, da kann ich ihnen nichts zu
sagen.", entgegnete der eigenartige Mann

mit zittriger Stimme. Da die Kommissare den Zeitpunkt des Todes und fast den genauen Tag ermitteln konnten, fragten sie den Mann nach seinem Alibi für diesen Zeitraum. Immer deutlicher erkannten die Beamten, dass hier etwas faul im Staate war. Schnell fanden sie heraus, dass der Strandkorbbetreiber unter einem falschen Namen auf der Insel war, und dass seine Papiere gefälscht waren, und dass er außerdem für den besagten Zeitpunkt kein Alibi vorweisen konnte.

Im Kommissariat gestand er den Mord und erklärte:" Dieser Mann hat mich gedemütigt und beleidigt, denn angeblich soll ich seine Freundin vergewaltigt haben." Er redete weiter: „Ich habe dann irgendwann Rot gesehen und wollte ihm sein dreckiges Maul stopfen." Weiter sagte er: „Ich lauerte ihm auf um ihm eine Lektion zu verpassen, aber mein Verstand muss in dem Augenblick ausgesetzt haben. Wie im Blutrausch zog ich ihn in mein Auto, nachdem ich ihn vorher mit einem Betäubungsmittel willenlos gemacht hatte. Bei mir in der Garage passierte dann das Schreckliche…"

„Genug, genug!", schrie der Kommissar,
„Das ist ja widerlich, sie sind ja ein Irrer.",
sagte er weiter.

Für immer wanderte der Mörder ins
Gefängnis. Nie mehr bekam er Gelegenheit
grausame Dinge zu tun.

Endlich konnten die Kommissare ihren hart
verdienten Urlaub genießen, ohne einen
Anruf zu bekommen. Hoffentlich!

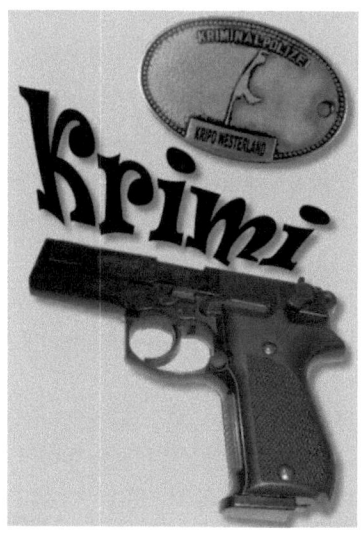

Mörderische Gedanken

Torben Berthold war außergewöhnlich unauffällig. Am Tage betreute er seine kranke Mutter und der Abend gehörte seinen krankhaften Phantasien. Er war in kirchlichen Organisationen tätig, sowie noch in anderen gemeinnützigen Vereinen. Niemand vermutete hinter diesem scheinbar harmlosen Menschen einen brutalen Mörder, der grausame und bestialische Dinge tat.

Torben war auf Grund eines Gendefektes blind zur Welt gekommen. Eigentlich konnte er nichts tun, doch sein Geruchs- und Ortungssinn hatte sich durch die Blindheit so ausgeprägt, dass er mit seinen übrigen Sinnen mehr als sehen konnte. Er hatte im Laufe der Jahre ein Hobby entwickelt, welches man mit einem normal funktionierenden Menschenverstand nicht erklären konnte.

„Wieder eine Leiche gefunden, dieses Mal in Munkmarsch.", sagte Anna Feddersen, die demnächst ganz im Sonderdezernat aufgenommen wird. „Im Augenblick reißt es aber auch nicht ab, einfach zum Mäuse melken.", jammerte die junge Kommissarin. „Bringt ja nix, da müssen wir leider durch.", antwortete Horst Breitscheid. „Ich möchte wirklich einmal wissen, wie die Leiche dieses Mal bearbeitet wurde, denn allen anderen, die wir bisher gefunden haben, fehlten die Augen.", sagte Anna Feddersen.

„Bloß daran zu denken, löst bei mir Magenprobleme aus.", sagte Horst. Erst vor ein paar Tagen hatten beide Kommissare eine Sonderausbildung im Bereich der Verbrechensbekämpfung hinter sich gebracht. Gut gewappnet fuhren sie los und wurden schon in Munkmarsch erwartet. Einige Touristen standen um einen leblosen Körper herum. Die Tote lag auf dem Bauch, den Kopf fest in den Sand gedrückt.

Die Kommissare Anna und Horst drehten sie um und waren vor Entsetzen sprachlos. Obwohl sie diesen Anblick schon kannten, erschreckten sie heftig, denn es sah einfach grausam aus. Die leeren, blutigen Augenhöhlen waren kaum zu ertragen. Die

Leichen, die sie in Rantum und Tinnum gefunden hatten, sahen genauso schlimm aus. „Aber warum hat dieser Perverse den Opfern die Augen herausgenommen?", fragte Horst Breitscheidt. „Tja, eine gute Frage Horst, wir müssen erst einmal die Tote untersuchen lassen.", antwortete Anna.

Sie ließen die grausam zugerichtete Frau abholen. Aber in der Pathologie wurde nichts festgestellt. Bis auf die fehlenden Augen war die Frau vollkommen unangetastet. „Der Mörder hat es nur auf diese Körperteile abgesehen, Anna.", sagte Fritz Scholz von der pathologischen Abteilung. Anna und Fritz kannten sich von der Universität und waren etwa gleichaltrig. „Fritz, hast du wirklich keine weiteren Spuren damit wir weiter kommen?", fragte Anna ihn. „Leider nein.", entgegnete der Pathologe. Horst Breitscheid und Anna Feddersen fuhren zurück ins Büro und arbeiteten einen Vorgehensplan aus. Aber wo sollten sie beginnen? Fakt war, dass der Mörder ein sehr kranker und gestörter Mensch war. Er sammelte scheinbar die

Augen seiner Opfer. Anna sagte: „Was macht er nur mit diesen Körperteilen, verspeist er sie oder was?"

Am Sonntag besuchte Anna mit ihrer Tante einen Gottesdienst in der örtlichen Kirche. Dabei fiel ihr während der Messe etwas auf. Ein ca. dreißig Jahre alter Mann schob seine alte Mutter im Rollstuhl an den Altar. Das war nichts Besonderes, aber was er dann tat, dürfte es eigentlich nicht geben. Er legte eine weiße kleine Schachtel auf den Tabernakel und ging ganz beruhigt wieder weg. „Was war denn das?", dachte Anna und es wurde ihr etwas flau in der Magengegend. Sie konnte sich dieses Gefühl noch nicht erklären. „Irgendetwas stimmt da nicht.", sagte sie zu ihrer Tante.

„Suspekt, sehr suspekt.", dachte Anna. Der Priester dieser Gemeinde nahm stillschweigend das weiße Päckchen vom Tabernakel und verschwand erst einmal für einen Moment in der Sakristei. Anstatt die Messe mit der alten Dame im Rollstuhl abzuwarten, verschwand der Mann schnellen Schrittes aus der Kirche. Dabei drehte er sich ständig um. Das schlechte Gewissen konnte man ihm förmlich ansehen. „Nein.", sagte Anna zu ihrer Tante. „Hier ist doch etwas ganz schön faul, das merke ich doch.", flüsterte sie.

„Aber Anna, du kannst noch nicht einmal in deiner freien Zeit abschalten und deine Pflichterfüllung zur Seite schieben.", meckerte Frau Nielsen. „So so, was du wieder denkst Tantchen.", antwortete die Kommissarin. Weiter sagte sie: „Auf jeden Fall werde ich mir diese Angelegenheit einmal etwas näher ansehen." Einige Tage später, die Kirche war offen, wollte sie mit dem Gemeindepriester ein paar Worte reden. Herr Lamprecht war schon seit 20 Jahren in dieser kleinen Gemeinde tätig und nie war über ihn auch nur ein schlechtes Wort geredet worden.

An diesem Mittwoch war die Kirche für kurze Zeit geöffnet. Aber auch nur, weil kurz vorher geputzt wurde. Anna zeigte ihren Ausweis und der Küster ließ sie hinein. Alles schien ruhig und still. Sie traute sich kaum einen Fuß vor den anderen zu setzen. Selbst der Küster wusste nicht, was in dieser Kirche vor sich ging. Ein Flüstern und Raunen kam ihr entgegen. „Was war denn das nur.", dachte Anna. Das Flüstern ging in einen monotonen Gesang über. Er wurde immer lauter und eindringlicher. „Oh Herrscher, der über den Dingen steht, wir huldigen dir mit allem, was uns zur Verfügung steht um dich zufrieden zu stellen."

Leise schlich Anna sich heran und versteckte sich hinter einer hohen Eichentür. Von hier aus konnte sie ungestört alles beobachten. Sie traute ihren Augen nicht. An einem langen, rechteckigen Tisch saßen 30 Leute. Alle waren komplett in schwarz gekleidet. Auf diesem Tisch standen schwarze Kerzen, die geheimnisvoll und mysteriös leuchteten. Es lag ein offenes, schweres Buch daneben und in der Mitte des Tisches waren in einem Samtkissen 6 Augenpaare aufgebahrt.

Einer stand auf und sprach monoton: „Oh Satan, unser Herr, nimm diese Augen als Opfer, damit du Mensch werden kannst, wie wir." Weiter vernahm Anna den unheimlichen Gesang. Sie hatte genug gesehen und wollte, noch bevor man auf sie aufmerksam werden konnte, verschwinden.

„Horst, Moin.", sagte Anna Feddersen, als sie das Büro betrat. Sie war immer noch recht blass im Gesicht. Nun erzählte sie, was sie am Vortag erlebte: „Du wirst es nicht glauben, aber ich habe gestern Nachmittag eine schwarze Messe beobachten können." Sie redete aufgeregt weiter: „Es war einfach grausam, denn es wurden dem Teufel 6 Augenpaare geopfert." „Denkst du, es könnte mit den Morden etwas zu tun haben, an die wir uns gerade die Zähne ausbeißen?", fragte Horst neugierig. Horst Breitscheidt war ein Polizeibeamter mit Leib und Seele. So schnell konnte man ihn eigentlich nicht schocken. Doch diese Morde hatten auch ihm arg zugesetzt.

„Ich muss am Sonntag wieder zur Messe und es wäre gut, wenn du mitkommen würdest, Horst. Ich glaube, wir werden den Mörder sehen und mit einem Schlag mehrere Leute festnehmen können.", meinte Anna Feddersen. „Näheres werde ich dir später erklären.", sagte sie. Am Sonntag trafen sie sich wie besprochen an der Kirche und gingen gemeinsam hinein. Ihren Platz suchten sie sich so aus, damit sie noch gut alles beobachten konnten. Die Messe begann ganz normal wie immer. Nichts war auffällig. Doch dann, keiner von den Beamten rechnete noch damit, kurz vor dem Ende der Messe, fuhr aus der hintersten Reihe ein Mann, mit Blindenband am Oberarm und einer alten Frau im Rollstuhl, zum Altar.

Es war Torben Berthold. Er muss sich wohl in dieser Kirche gut auskennen, sonst würde er sicher nicht sehen, wo er das Päckchen hinlegen muss.", flüsterte Anna ihrem Kollegen zu. „Ich habe eine leise Ahnung, was in den Päckchen ist.", sagte Horst Breitscheidt. In den letzten Monaten sind viele schlimme Morde geschehen, die man bis heute nicht aufklären konnte. „Kommen sie Horst, wir schleichen uns einmal nach hinten, ich zeige ihnen den Raum, in dem die schwarze Messe abgehalten wurde.", sagte die Kommissarin. Die Beamten schlichen sich auf leisen Sohlen nach hinten in die Sakristei. An der Tür blieben sie wie angewurzelt stehen und bekamen eine Unterhaltung zwischen dem Priester und Torben Berthold mit. Der Geistliche sagte: „Wenn du nicht in den nächsten Tagen mit frischen Augenpaaren rankommst, wird es dir nicht gut ergehen und du wirst deine Sehkraft nie mehr wieder erhalten."

Der Blinde Mann nickte nur mit dem Kopf und sagte: „Ich werde alles tun, was in meiner Macht steht." Er ging mit gesenktem Kopf hinaus zu seiner alten Mutter, die im Rollstuhl saß und auf ihn wartete. Die beiden Kommissare waren sprachlos, schauten sich nur an und gingen schnellen Schrittes aus der Kirche. „Wie werden wir nun weiter vorgehen?", sagte Horst Breitscheidt. „Lassen sie uns erst einmal ins Büro fahren.", antwortete Anna Feddersen.

Wenige Minuten später saßen sie zusammen an ihren Schreibtischen und überlegten. Dieser grausige Anblick war nichts für Horst. Ansonsten war er eigentlich hart im Nehmen, aber nun verließ ihn seine Disziplin. „Beim nächsten

Kirchenbesuch werden wir den Haufen auffliegen lassen.", meinte die junge Kommissarin. Ein paar Tage später war es dann soweit. Anna und Horst saßen in der ersten Reihe und hinter ihnen einige Männer zur Verstärkung. Niemand konnte ahnen, dass es Polizeibeamte waren. Die Messe begann ganz normal und wie sie es vermuteten, kam kurz vor Schluss Torben Berthold und legte ein weißes Päckchen auf den Tabernakel. Einige Tage vorher wurde eine junge Frau am Meer gefunden. Sie saß tot im Strandkorb und hatte keine Augen mehr. Ein grausamer Mord, denn sie wurde vorher erdrosselt mit einem langen Draht. Die Kehle wurde durchschnitten. Der Mörder setzte sie so hin, dass man im ersten Moment nichts merken konnte. Spielende Kinder hatten die Polizei gerufen.

Nun war es soweit. Anna kochte vor Wut und Tatendrang. Der Mörder befand sich noch in der Kirche und wurde sofort mitgenommen. Anna und Horst und noch einige Polizeibeamte stürmten die Sakristei und konnten auf einen Schlag fast alle anwesenden Leute und den Pfarrer festnehmen. Sie waren gerade dabei zu verschwinden. „Da hatten wir aber verdammtes Glück.", sagte die Kommissarin. „Ich hoffe nur, dass die Mordserie jetzt ein Ende genommen hat.", meinte Horst Breitscheidt und schaute dabei Anna angstvoll an.

„Ja vielleicht, aber Verbrecher laufen genug frei herum.", sagte Anna. Die Kommissare gingen nach Feierabend erst einmal gemeinsam einen trinken, denn essen konnten sie momentan noch nichts. Kann man gut verstehen.

Kurzer Prozess mit der Mafia

In den Dünen dürfen weder Menschen noch
Tiere herumlaufen. Das ist auch gut so.
Kommissar Martin Feddersen hatte heute
seinen freien Tag und wanderte mit Mops
Lilly auf der Panzerstraße in Richtung List.
Plötzlich riss sich Lilly los und rannte in die
Düne. „Komm' sofort zurück, Lilly…
hierher… komm'… bei Fuß… … …" Martin
konnte rufen wie er wollte, Lilly war weg.
„Und das passiert mir.", rief er wütend.

Plötzlich kam Lilly zurück. In ihrer Schnauze
trug sie ein Mitbringsel, das sie gern mit
ihrem Herrchen teilen wollte. Es war eine
Geldbörse. Martin Feddersen öffnete sie
und fand italienische Lire, sowie den
Ausweis von Luigi Rossi. Der Kommissar
wollte nicht in die Düne laufen. Er ging
zurück zum Fahrzeug und fuhr zu seinem
Vater. Werner Feddersen war nun
mittlerweile viele Jahre in Pension. „Warte
einmal, Martin. Ja, ich erinnere mich, es war
in den 1970'ern. Luigi Rossi war Mafia-Boss.
Er wollte eine Rauschgift-Passage zwischen
Dänemark und Sylt aufbauen, Munkmarsch

sollte das Hauptquartier werden. Mein damaliger Kollege Peter Hansen übernahm den Fall. Auf einmal war Luigi jedoch verschwunden.", erinnerte sich Kriminalhauptmeister a.D. Werner Feddersen.

Jetzt wurde die Düne abgesucht. Da die Düne wandert, legte sie den Toten fast frei. In der Jackentasche fanden sie einen Brief, er war kaum lesbar: *„Lieber Kollege und Freund Werner. Wenn du dies liest, ist der Fall mit dem Aktenzeichen Sylt AD 45/Mafia erledigt. Ich hatte einfach keine Handhabe gegen Luigi Rossi. Aber er hatte mit Rauschgift zu tun. Meine Tochter starb daran. Sie wurde außerdem missbraucht. Als ich von meinem Krebs erfuhr, erschoss ich das Schwein und brachte ihn in die Dünen. Verzeih mir, Gott, verzeih mir, mein Freund Werner. Dein Freund Peter."*

Ein Glas zu viel

Das Büro der beiden Kommissare Thomas Sörensen und Rene Brandt hatte seinen festen Sitz im Osten von Westerland. Eifrig waren die Männer täglich im Einsatz, denn in der letzten Zeit häuften sich die Mordfälle. Jedoch das, was sie in den folgenden Tagen erwarten sollte, übertraf alles, was sie bisher erlebt hatten. Rene Brandt trank seinen morgendlichen, löslichen Kaffee, wie immer viel zu stark. „Langsam musst du auch mal an deine Gesundheit denken, Rene.", meinte Thomas. „Deine Kaffeetassen bekommt man ja nicht mehr sauber, so fest klebt das braune Zeug daran.", grinste er. „Ach ja, Thommy, wenn du mal nix zu nörgeln hast, biste unglücklich, was?", antwortete Rene. Rene Brandt war gerade 40 geworden, aber die ersten grauen Haare schlichen sich schon ein. Vor einem Jahr wurde er geschieden. Es entwickelte sich ein Rosenkrieg, womit er nicht gerechnet hatte. Und leider nimmt es kein Ende, denn seine Frau hat nichts Besseres zu tun, als alle Nase lang gegen ihn zu klagen.

Wenn Rene seinen Beruf nicht hätte, dann wäre er schon daran zu Grunde gegangen. Thomas Sörensen war ledig und mit seinen 55 Jahren sah er noch recht gut aus. oft konnte er so charmant sein, dass die Frauen ihm nachschauten. An diesem Morgen, bekamen sie eine neue Kollegin. Es klopfte an der Bürotür. „Herein", rief Rene! Anna Feddersen trat ein. Schon ihr Großvater und Vater standen oder stehen im Dienste des Sonderdezernats H1. Anna trat nun in deren Fußstapfen ein. Gerade war sie mit dem Studium und der Polizeischule fertig. Sie wohnte bislang in Hamburg, bekam aber sofort eine Dienstwohnung auf der Insel. „Moin", säuselte Thomas, etwas abwesend. „Die knapp 30 jährige junge Frau stellte sich bei den Herren vor. „Junge, Junge", sagte Thomas Sörensen bei ihrem Anblick. „Mit ihnen zu arbeiten und sich gleichzeitig zu konzentrieren, fällt ganz schön schwer.", meinte er. Anna grinste verlegen und bekam einen roten Kopf. Sie war sich schon bewusst, wie sie auf Männer wirkte. Sie war eine große, schlanke Frau, wohlgeformt und vom Gesicht her, bildschön. „Es hilft alles nix.", meinte Thomas Sörensen. „Wir müssen nun alle ran an die Arbeit. Der Fall, der heute rein geflattert kam", sagte Rene, „erfordert unseren ganzen Einsatz." „Im Strandhotel ist ein Toter im Pool gefunden worden!", rief Thomas. „Seine Frau suchte ihn kurz zuvor, dann rief sie uns an, als sie ihn fand." Rene Brandt, eifrig wie immer, zog sich schnell seinen abgewetzten Mantel über und konnte es kaum erwarten, den Fall zu untersuchen. Längst hätte er sich einmal einen neuen Überwurf kaufen können, aber irgendwie brachte ihm dieser Fetzen Glück, glaubte er jedenfalls. Anna lachte und meinte: „Dann ist es ja gut, dass ich meinen Dienst hier angetreten bin." Die drei Beamten machten sich auf den Weg zum Strandhotel. Der alte Dienstwagen quietschte beim Zurücksetzen, aber die Hauptsache, er bringt sie überall hin. Im Hotel angekommen, wurden sie schon von einem Haufen Leute empfangen.

Ärzte, Sanitäter und Bestatter gaben sich die Klinke in die Hand. Kommissar Sörensen stellte seine Kollegen Brandt und Feddersen vor; und sie begannen auch sofort mit der

Befragung. Der Hotelmanager, sagte aus, dass ein älteres Ehepaar vor ein paar Tagen ein Zimmer bezogen hätte. „Sie stritten viel, aber dies ist wohl nichts Besonderes in dem Alter", meinte er. „Sie gingen zusammen ins Schwimmbad, mehr weiß ich nicht antwortete er. „Anna Feddersen war noch recht unsicher und hörte genau zu, wie ihre Kollegen vorgingen. „Thomas", sagte Rene, „wir müssen nachforschen, wo sich das Ehepaar vor dem Schwimmbadaufenthalt aufgehalten hat." „ Eigentlich sollten wir erst einmal die Ehefrau des Toten befragen.", antwortete Anna. „Sie sitzt vor dem Hoteleingang, in Tränen aufgelöst."

Herr und Frau Jonson kamen extra aus England, um auf der schönen Insel Urlaub zu machen. Die Engländerin saß in Tränen aufgelöst, auf einer Bank vor dem Hotel. Sie regte sich nicht. Anna ging auf sie zu und versuchte sie in ein Gespräch zu verwickeln. „Leider muss ich ihnen ein paar Fragen stellen." sagte Anna vorsichtig. Noch wusste keiner von den Kommissaren, mit welchem eigenartigen Fall sie es bald zu tun bekamen. Zögerlich antwortete die alte

Frau auf die Frage, wie sich alles abgespielt habe und was sie gesehen habe: „Tja, was soll ich denn sagen, ich hatte meinen Mann begleitet, da er etwas behindert ist." sagte sie nervös. „Ich half ihm noch ins Wasser zu steigen und wartete. Plötzlich fing er an zu zappeln, obwohl er ein guter Schwimmer war.", sagte sie noch. Rene wurde neugierig: „War er denn krank?" „Nein, er war gesund." sagte die alte Dame. „Als ich ihn herausziehen wollte, war er schon tot. Mehr kann ich nicht dazu sagen.", meinte sie.

„Kommen sie Anna", rief Thomas Sörensen. „Wir werden hier noch einiges zu tun haben." Als die drei Beamten, vorne weg Anna, denn sie hatte die Leitung des Kommissariats übernommen, sich im Auto beratschlagten, klopfte jemand an die Scheibe des Dienstwagens. Es war die Angestellte der Bar auf der oberen Etage. Daran grenzte direkt das Schwimmbad. „Liselotte ist mein Name", stellte sich die Frau vor. „Ich arbeite schon etwas länger als Kellnerin hier im Strandhotel. Ich halte immer die Augen offen.", sagte sie. „Es sind

schon oft schlimme Dinge hier geschehen."
„Was haben sie uns denn zu sagen?", fragte
Thomas Sörensen? „Am Tage des Unfalls,
habe ich das verdächtige Ehepaar in der Bar
bedient.", antwortete sie eifrig. Liselotte
sprach weiter: „Er trank nur einen Saft,
wogegen seine Frau einen Whiskey nahm.",
überlegte sie. Thomas Sörensen bohrte und
wollte wissen, wie es weiter ging.
„Eigentlich soweit nichts Besonderes.",
sagte das Mädchen.

„Jedoch sah ich, wie sie, als er auf der
Toilette war, etwas in sein Glas fallen ließ",
fuhr sie fort. Anna hörte aufmerksam zu.
„Dann werden wir so schnell es geht eine
Obduktion anordnen.", befahl sie nervös.
„Hier können wir erst einmal abziehen.",
rief Rene! Später ergab die Obduktion, dass
dieser ältere Mann von seiner Frau
absichtlich mit einem Nervengift getötet
werden sollte. Nachdem er ins Wasser
sprang, schoss ihm das Blut dermaßen
schnell in den Kopf und der Druck war so
stark, dass seine Arterien platzten. Er war
sofort tot. Die Ehefrau wurde sofort vom
Kommissaren-Team verhaftet. Sie verbringt

nun die restlichen Jahre ihres Lebens hinter
Schwedischen Gardienen.

...

Warum sie ihren Mann umgebracht hat?
Seine Lebensversicherung betrug eine halbe
Million. Da diese Frau älter war als ihr
Gatte, wollte sie noch einmal aus dem
Vollen schöpfen. Bis zum Schluss war sie
sich sicher und dachte, man könne ihr so
schnell nichts beweisen. Wenn sie nicht
beobachtet worden wären, hätte es
vielleicht geklappt.

Wieder geht ein Tag im Sonderdezernat H1
zu Ende. Seit Anna Feddersen da ist, läuft
alles wie geschmiert. Der Ehrgeiz hat sich
von ihrem Großvater und Vater auf sie
übertragen. Was sie noch nicht weiß, Rene
Brandt hat ein Auge auf sie geworfen. Ja,
dann wollen wir mal abwarten.

Nur ein Wellenschlag

Henry und Margot Bremer waren schon sehr lange verheiratet. Jedes Jahr machten sie in Westerland Urlaub. Da sie kinderlos geblieben sind, Margot konnte durch eine Unterleibserkrankung keine Kinder bekommen, erfüllte Henry seiner Frau jeden Wunsch. Dass die Bremers reich waren, wussten alle auf der Insel. Henry und Margot führten eine Kaffeerösterei. Die größte in Norddeutschland.

An jenem sonnigen Urlaubstag machte Margot ihrem Mann den Vorschlag, doch einmal alleine mit dem Boot rauszufahren, da sie sich recht gut auf dem Wasser zurechtfand und auch das Boot gut kannte, stimmte Henry der Idee zu. Er sagte nur: „Margot, bitte sei vorsichtig, denn hier auf der Insel lungern neuerdings zwielichtige Gestalten herum." Margot nickte dankbar und ging hinaus. Das Meer war ruhig und niemand vermutete einen solch schlimmen Vorfall, wie er sich kurze Zeit später ereignete.

Henry freute sich, auch mal für kurze Zeit seinem Hobby nachgehen zu können, ohne das ihm seine Frau reinredete. Margot hielt nicht viel von seinem Hobby. Seine Briefmarkensammlung schleppte er überall mit hin, sogar im Urlaub durfte sie nicht fehlen. Die Zeit verging. So gerne er auch alleine war, so freudig würde er seine Frau empfangen, wenn sie doch endlich käme. Henry Bremer fuhr zu dem Ankerplatz, an dem sich das Boot, welches ihm und seiner Frau gehörte, befand.

Er sah nichts. Weit und breit war seine Frau nicht zu sehen. Das Wetter war schön, die Sicht klar und ein leichter Wellengang spiegelte sich in der Sonne. Es war ruhig. Zu ruhig. Henry Bremer rief die Wasserschutzpolizei an: „Hallo, Bremer am Apparat. Ich mache gerade Urlaub hier auf der Insel. Meine Frau ist mit unserem Motorboot unterwegs. Sie wollte schon vor einigen Stunden wieder da sein. Ich hab schon nachgeschaut, nur sehe ich sie nicht. Bitte helfen sie mir."

„Guten Tag Herr Bremer. Ich kenne sie gut, aber es wird wohl wenig Leute geben, die sie nicht kennen.", sagte der Polizeibeamte Klaus Steiner am anderen Ende der Leitung. Er sprach in einem sehr ruhigen Ton mit Henry, denn er merkte, dass dieser Mann panische Angst hatte: „Wir fahren sofort raus, bitte machen sie sich keine Sorgen, wir werden sie schon finden."

Es vergingen viele Stunden des Wartens. Da klingelte das Telefon: „Herr Bremer, wir haben alles abgesucht. Leider fehlt von ihrer Frau jede Spur.", sagte der Beamte. „Wenn alle Stricke reißen, müssen wir Taucher einsetzen.", sagte Klaus Steiner. Henry antwortete mit zittriger Stimme: „Ja, ich glaube schon, dass sie ihr Bestes geben."

Tage später musste Klaus Steiner von der Wasserschutzpolizei Taucher einsetzen. Doch keine Spur von einem Motorboot, geschweige denn von Frau Bremer. Genau einen Monat später, bekam Henry Bremer Post. Ein Brief, worin stand, dass er, wenn er seine Frau wieder haben wolle, eine Million Euro, in großen Scheinen, in ein

Flughafenpostfach in Westerland, mit der Nummer 34, legen solle. Wir geben ihnen dafür 12 Stunden Zeit, stand in diesem Brief, der mit einer sehr undeutlichen und kindlichen Handschrift geschrieben war.

Henry wurde blass, sein Herz raste, sodass er seinen Herzschlag hören konnte. Als er sich etwas gefasst hatte, rief er Anna Feddersen und Thomas Sörensen an. Er kannte die beiden Kommissare gut. Damals ging es um Diebstahl. Der gesamte, sehr kostbare Schmuck seiner Frau, wurde aus dem Hotelsafe gestohlen.

Um den Schmuck und die persönlichen Dinge zurückzubekommen, sollte der Kaffeefabrikant Henry eine Million in einem Bahnhofsschließfach deponieren. Sie vereinbarten damals, dass der Schlüssel in einem kleinen Mauerspalt über dem Schließfach gesteckt werden sollte. Die Stimme des Erpressers war verstellt und nicht zu erkennen. Jedenfalls drohte man damit, seine Frau bei Nichtbezahlung des Lösegeldes umzubringen. Weder Anna

Feddersen, noch Herr Bremer, konnten die Vorfälle richtig deuten.

Anna versuchte zu kombinieren. „Eine reiche Unternehmergattin wird samt ihrem Boot gekidnappt und nun wird Herr Bremer erpresst. Wo soll ich da anfangen?", überlegte die junge Kommissarin. Sie rief den Unternehmer Henry Bremer an und sagte: „Bitte, wir müssen es darauf ankommen lassen, geben sie den Erpressern nach und deponieren sie das Geld, alles andere überlassen sie uns."

Wochenlang passierte nichts. Von morgens bis zum Abend wurde nun das Schließfach im Bahnhof überwacht. Doch eines Abends, als sie die Hoffnung schon aufgeben wollten, hatten sie Erfolg.

Eine mittelgroße Person ging langsam auf das Schließfach zu. Die Gestalt war völlig verkleidet und glaubte, so nicht aufzufallen. Doch trotz Sonnenbrille, langem Mantel und Perücke, konnte man schnell hinter das Geheimnis kommen. Gierig griff diese Person in den Mauerspalt und fingerte den

Schlüssel heraus. „Komisch", sagte Anna. „Das sind doch Frauenhände.", kam ihr in den Sinn. Die sonderbare Gestalt schloss hastig das Schließfach auf und griff zu den Geldbündeln. Schnell stopfte sie das Geld in einen Rucksack. In diesem Augenblick schlugen Anna Feddersen und ihre Kollegen zu. Sie hielten die Person fest, nahmen ihr den Rucksack weg und rissen ihr die Perücke herunter.

Fast blieb der Kommissarin der Atem stehen. Zum Vorschein kam die Ehefrau des Unternehmers Henry Bremer. Margot Bremer wäre am liebsten im Erdboden versunken. „Da schlägt es doch dem Fass den Boden aus.", schimpfte Anna. Sie musste sich zusammen reißen, denn ihre Impulsivität hat sie schon oft in Schwierigkeit gebracht. „Wir werden uns lange unterhalten müssen, Frau Bremer.", sagte sie.

Auf dem Kommissariat erzählte Margot unter Tränen: „Ich wollte einfach nur weg, weit weg." Weiter erzählte sie: „Ich konnte diesen Druck nicht mehr ertragen." Ohne

Pause redete sie weiter: „Wir sind millionenschwer und doch musste ich um jeden Euro betteln. Ich wollte einfach nicht mehr." Sie sagte: „Ich hatte vor, mir in Texas eine Ranch zu kaufen und wäre mit einem anderen Namen untergetaucht. Diese Million hätte aus meinem Mann keinen armen Menschen gemacht und meine Seele wäre endlich frei gewesen." „Ich muss sie trotzdem verhaften, Frau Bremer, denn sie haben sich strafbar gemacht.", sagte die Kommissarin. „Wir haben alle miterlebt, wie ihr Mann gelitten hat, darum kann ich ihr Verhalten nicht nachvollziehen.", schimpfte Anna. Das war damals... und was erwartete die Kommissare heute?

Das Sonderdezernat schaltete eine Großfahndung. Und plötzlich ging alles sehr schnell. An der dänischen Küste wurde das Boot gesichtet. Dänische Kollegen beobachteten ein Paar, das hin und wieder nach dem Boot schaute. Sie wurden verhaftet. Anna Feddersen ahnte eine Verbindung zum damaligen Fall. Sie sollte Recht behalten, Margot Bremer war wieder die Drahtzieherin. Sie hatte nun einen Freund, beide wollten mit der Million in die Staaten. „Erzählen sie mir nicht wieder eine Geschichte unter Tränen. Ich bringe sie gleich zum Staatsanwalt.", sagte Anna angesäuert.

…

Was treibt einen Menschen dazu, so zu handeln? Habgier, Angst und Verzweiflung? Wir wissen es nicht. Doch es gibt nun einmal Gesetze in diesem Land, die uns den Weg weisen und uns einfach nicht erlauben, mit der Angst des anderen zu spielen. Es steht uns nicht zu, zu erpressen, zu stehlen, zu betrügen oder gar zu morden.

…

Durch eine spezielle Ausbildung ist das Sonderdezernat Hörnum1 in der Lage, auch die Fälle zu lösen, die schon lange als ungelöste Fälle in den Aktenschränken verstaubt sind.

Missbraucht und entsorgt

Lars, ein 18 jähriger junger Mann, wohnte
mit seinen Eltern Sven und Margo Hansen
in Alt-Westerland in der Nähe der
Dorfkirche Sankt Niels. Ein relativ ruhiger
Ort. Tagsüber spielte sich nie viel ab. Lars
arbeitete, nachdem er seine Ausbildung als
Agrarier gemacht hatte, im
landwirtschaftlichen Betrieb seiner Eltern
mit. Der Betrieb lag in Archsum.

Einige Felder, Kühe und Schafe gehörten
dazu. Lars setzte sich für die Interessen der
Landwirte mit vollem Eifer ein. Die Arbeiten
machten ihm Freude. Niemand rechnete in
dieser stillen Gegend mit einem so
grausamen Mord. An einem
Sonntagmorgen fand Sven Hansen seinen
Sohn wie auf einer Schlachtbank
aufgebahrt. Im Gerätehaus seines
Anwesens lag er lang ausgestreckt auf einer
großen Werkbank. Arme und Beine
auseinander. Hände und Füße waren
festgenagelt. Den Mund hatte man dem
Toten weit geöffnet und eine Fahne

hineingesteckt mit der blutigen Aufschrift:
Er hat es verdient.

Sven Hansen brach zusammen. Zu grausam
war der Anblick seines geliebten Sohnes.
Sven wurde bewusstlos und erwachte erst
wieder im Krankenhaus. Man erzählte ihm
noch einmal vorsichtig was geschehen war.
„Wo ist meine Frau!", rief Hansen laut und
weinte fürchterlich. Jetzt half ihm nur noch
eine Beruhigungsspritze. Er fiel in einen
Dämmerschlaf und wurde erst wieder wach,
als die beiden Kommissare Rene Brandt und
Thomas Sörensen eintraten. Sie setzten sich
an sein Bett und erzählten ihm, dass seine
Frau Margo immer noch nicht das
Bewusstsein erlangt hatte. Der Schock war
einfach zu groß, den sie erlitt. Weitere
Informationen und Fragen wollten sie sich
sparen und verabschiedeten sich vorläufig
von ihm.

Der benachbarte Bauer Knut Rassmus
wollte am Tage des Mordes bei den
Hansens frisches Lammfleisch abholen. Dies
stellten die Beamten nach einigen
Recherchen fest. Knut Rassmus selbst

züchtete Pferde. Er besaß riesige Äcker auf denen er Mais und Getreide anbaute. So richtig konnten die Familien sich untereinander nie anfreunden. Ständig musste sich Knut Rassmus von Sven Hansen anhören, wie leichtsinnig er doch sei mit dem Gatter für seine Pferde. Zu oft sprangen die Tiere hinüber und liefen auf Hansens Felder herum. Jahrelange Streitigkeiten zermürbten die Familien. Irgendwann platzte Knut Rassmus der Kragen. Konnte er sich denn nicht auch freundschaftlich mit ihm auseinandersetzen?

„Viel hätte man in der Vergangenheit schon regeln können.", dachte Rassmus. Aber wenn er genau darüber nachdachte, wollte er es eigentlich nicht. Er hatte hauptsächlich etwas anderes vor. Einen riesen Denkzettel musste er den Hansens verpassen. Dieser grausame Plan reifte in seinem kranken Gehirn schon lange heran.

Der Zustand von Margo und Sven Hansen besserte sich nur langsam. Zu schlimm war das, was sie erleben mussten. Einige Tage später versuchten die Beamten erneut etwas von den Hansens zu erfahren. Jede Kleinigkeit könnte zur Aufklärung des Falles beitragen. Man konnte deutlich merken, dass Sven Hansen unter Beruhigungsmitteln stand. Rene Brandt fragte ihn über seinen Nachbarn Rasmus aus und bekam eine Antwort, mit der er nicht gerechnet hatte. Es stellte sich heraus, dass Rassmus schon mal wegen Kindesmissbrauchs gesessen hatte. „Sven, können sie uns noch etwas mehr sagen? Was fällt ihnen noch ein über diesen Typ?", fragte Thomas Sörensen. Noch bevor Hansen antworten konnte, fiel er in einen tiefen Schlaf. „Komm Rene, wir gehen.", sagte Thomas Sörensen. „Ich glaube wir können heute hier nichts mehr erfahren!"

Die beiden Beamten von der Hörnumer Sonderkommission H1 zogen davon. In ihrem Büro angekommen, machten sie sich über diesen grausamen Mord Gedanken. „Mensch, Rene.", sagte Thomas Sörensen.

„Der Junge ist regelrecht hingerichtet worden! An Händen und Füssen festgenagelt, einfach grausam." „Hatte Lars Hansen eigentlich Feinde?", fragte Rene. „Keine Ahnung", meinte Thomas Sörensen, „lass uns forschen, wer zu seinem engsten Bekanntenkreis zählte. Vielleicht kommen wir da weiter!" Also legen wir los.

Margo und Sven Hansen wurden einige Wochen später entlassen. Sie wollten sich sofort mit Arbeit von ihren Sorgen und ihrer Trauer ablenken. Es fiel ihnen sehr schwer. Lars war nicht mehr da und der Tatort lag so, dass er zwangsläufig ständig daran vorbei musste. Auch an diesem Tag. „Na nu, was ist denn das? Margo, komm doch mal schnell her.", sagte er. „Schau einmal", rief er. Eine abgeschlagene Fingerkuppe lag auf dem Boden. Ohne zu überlegen, wickelte Sven den Finger in ein Tuch und legte ihn in den Kühlschrank.

Er rief sofort Thomas Sörensen und Rene Brandt an. Der Finger sah noch relativ frisch aus, auch kein Wunder bei der Kälte. Die Inspektoren kamen so schnell sie konnten.

Schnell fuhren sie mit der Fingerkuppe, in einem Kühlbehälter, zur Pathologie. Nach eingehender Untersuchung stellte man fest, dass diese Fingerkuppe einem zwischen 30 und 40 Jahre alten Menschen gehörte. Die Beamten waren sprachlos. Der Fall wurde immer eigenartiger. Wo sollten sie nur anfangen zu suchen? Aus anfänglichen Recherchen wussten sie, dass Rassmus kein unbeschriebenes Blatt war. Könnten sie etwa Glück haben? Rasmus hatte ein dunkles Geheimnis jahrelang mit sich herumgetragen.

Der Missbrauch eines Kindes brachte ihn für lange Zeit ins Gefängnis. Es kam noch Raub und Waffenschmuggel dazu. Wegen guter Führung entließen sie ihn unverständlicherweise viel zu früh. Er hasste seine Nachbarn und wollte sich an ihnen rächen, vermuteten die Kommissare. Sie sollten wohl Recht haben. Sie beschlossen so schnell wie möglich den Bauernhof des Knut Rassmus aufzusuchen. Rassmus saß im Hof seines Anwesens auf einem Stuhl mit dem Rücken den Männern zugewandt. Thomas rief laut: „Rassmus, drehen sie sich doch einmal um, wir müssen ihnen einige Fragen stellen." Doch dieser antwortete nicht. Neben ihm auf dem Boden lagen ein Abschiedsbrief und eine Waffe. Blut tropfte auf den Boden. Rene schrie immer noch: „Verdammt noch mal, drehen sie sich doch um, sind sie schwerhörig?" Er konnte die Situation noch nicht realisieren. „Lass' mal Rene", sagte Thomas, „da kommt nichts mehr, er hat sich erschossen!" „Ist auch wohl besser für ihn, denn im Knast hätte man Hackfleisch aus ihm gemacht." In dem Abschiedsbrief gestand Rassmus den gemeinen Mord. Wie sich später herausstellte, fanden Beamte am Tatort in Archsum eine zweite Blutgruppe. Rassmus muss sich dort wohl bei seiner Tat verletzt haben und warf seine Fingerkuppe dort weg.

„Hast du Lust zum Feierabend ein Bierchen mit mir zu schlürfen Thomas? Ich lade dich ein? Morgen wartet wieder reichlich Arbeit auf uns." Rene grinste: „Ja, komm', hauen wir ab."

Roswell auf Sylt?

Die Strandpromenade in Westerland war recht gut besucht. Der Himmel war wolkenlos, ganz langsam zog die Sonne in Richtung Westen. Vater und Sohn Feddersen genossen diesen Spätsommertag. Sie saßen nahe der Musikmuschel und beobachteten das Treiben auf dem Gehweg, die Wellen der Nordsee und die Nahrungssuche der Möwen. Beide lachten als ein Urlauber in jeder Hand einen Teller mit Bratwurst irgendwie zu seinem Strandkorb bringen wollte und von Möwen attackiert wurde. „Die haben doch einen Plan!", lachte Werner Feddersen. „Hier sitze ich jeden Tag seitdem Mutter nicht mehr bei uns ist. Pass' auf, einige Möwen lenken den Urlauber rechts ab und links schlägt eine Möwe zu.", sagte Werner Feddersen. Und tatsächlich, so kam es auch. Beide lachten und amüsierten sich.

„Hast du etwas von deinem Freund Robert gehört, Vater?", fragte Martin. „Ich habe ihn vor drei Wochen besucht, er ist seit

1977 im Betreuten-Wohnen, ja, das war bitter für ihn.", fuhr Werner fort. „Du erzähltest mir nie alles von früher, was ist denn nun wirklich passiert in den Dünen? Eigentlich wolltet Ihr doch schon in den 1950'ern ein Sonderdezernat gründen, oder?", wollte der Sohn wissen.

„Zu meiner Berufszeit hätte und durfte ich darüber nie sprechen dürfen. Dann wäre meine berufliche Laufbahn zu Ende gewesen. Aber mein Freund und Arbeitskollege Robert, damals Kriminalmeister konnte alles nicht richtig verkraften. Wir waren auf der Panzerstraße vor List unterwegs. Eigentlich war es ein offizieller Einsatz. Wir sollten zum Leuchtturm West fahren. Du weißt der, der am Ellenbogen liegt." „Ja, Vater, ich war mit Anna und Paul zum Windsurfen dort.", warf Martin ein. Werner Feddersen fuhr fort: „Wir sahen einen Leuchtpunkt zwischen den Wolken. Es war um etwa 9 Uhr. Die Sonne stand rechts von uns. Wir stiegen aus Auto, es war Roberts Privatwagen. Wir wollten das Objekt direkt sehen, ohne Spiegelungen der Autoscheibe. Einen DKW hatte Robert. Der Leuchtpunkt wurde greller, er kann aber auch ganz einfach näher gekommen sein. Wir wussten nicht, wird er nur heller oder kommt er auf uns zu. Dann hörten wir einen lauten Knall. Der Leuchtpunkt war aber immer noch zwischen den Wolken. Später vermuteten wir, es muss etwas mit der Überschallgeschwindigkeit zu tun haben. Plötzlich wurde aus dem Leuchtpunkt ein Objekt. Es taumelte. Das Objekt sah metallisch aus, eher oval, nicht rund. Es taumelte wie ein Schiff auf der Nordsee. Plötzlich zündeten irgendwelche Düsen, die zur Erde gerichtet waren. Es schien abzustürzen, es kam näher und näher. Es war so nahe, wir erkannten eine Zigarrenfom, ohne Flügel, ohne Fenster. Lediglich Düsen waren zu erkennen. Vier hinten, vier um das Objekt verteilt, eine vorne. Mein Gott, schrie ich, das ist ein UFO! Wir suchten Deckung links neben der Panzerstraße im Graben. Das UFO schoss auf die Dünen zu, taumelnd schaffte es das UFO, dass es im flachen Winkel einschlug. Wieder ein lauter Knall. Mit eigener Kraft stieg es wieder auf. Es gewann an Höhe und flog in Richtung Westen ab. Ein weiterer Knall und das Objekt war verschwunden.

Robert und ich fanden einen Gegenstand an der Einschlagstelle, ein Teil der vorderen Düse, leicht wie Kunststoff war es. Das Labor stellte fest, es war härter als Stahl. Wir wurden verpflichtet über diesen Vorfall nichts zu sagen. Zuerst wollten wir nämlich ein Sonderdezernat gründen, aber es gab Befehle von ganz oben. Robert hatte danach schlimme Albträume. Einige Jahre später ging er in den Vorruhestand. Seit 1970 schaut Robert mich nur noch mit einem leeren Blick an. Ja, Sohn, das war 1957. Ja, so war es, genau so. Heute bin ich 88 Jahre, mir würde eh niemand glauben."

„Danke, Vater, dass Du mir dies anvertraut hast. Dann habt ihr beide ja euren eigenen Roswell-Zwischenfall erlebt… unglaublich.", sagte Martin Feddersen und nahm seinen Vater in den Arm.

Es war ein herrlicher Tag. Die Möwen suchten immer noch nach Opfern.

Bratwurst ohne Senf wäre toll für sie. Die
Sonne ging langsam im Westen unter, groß
und rot war sie.

Sein letzter Fall

Das Sonderdezernat H1 existiert nun bereits 57 Jahre. Wir sind im Jahr 2021. Kriminalhauptmeister Werner Feddersen ist längst in den verdienten Ruhestand versetzt worden. Mittlerweile ist er 95 Jahre. Seine Frau ist vor 10 Jahren gestorben, sein Sohn Martin ist Kommissar und seit vielen Jahren Dezernatsleiter. Martin Feddersen ist glücklich mit seiner Ilona verheiratet. Zwei Kinder haben sie, Anna und Paul. Wie sollte es anders sein sind beide im Polizeidienst. Paul arbeitet in Bayern, dort hat er seine große Liebe gefunden. Anna blieb auf der Insel, sie geht ganz in den Fußstapfen vom Opa und vom Vater auf. Sie arbeitet auf die Übernahme des Sonderdezernat H1 hin. Immerhin ist ihr Vater Martin bereits 65 Jahre.

„Moin Sherriff!", rief Martin seinem Vater zu. Sein Vater lebte mittlerweile im Betreuten-Wohnen in Westerland. „Moin Junge, was bringst Du Gutes bei dem Sturm?", antwortete Vater Werner. „Ich habe da so einen Fall der mit Deiner

Dienstzeit zu tun haben könnte. Der Hafen von Hörnum wird gerade modernisiert. Bei Abrissarbeiten wurden Mauern des ehemaligen Towers des Seefliegerhorstes freigelegt.", erzählte Werner. „Ja, mein damaliges Hauptquartier in den 1960'er Jahren. Dort bauten wir das Sonderdezernat H1 auf.", erinnerte sich der Ex-Kriminalhauptmeister. „Ich weiß, ich weiß, Vater. Und Du hast den Revolver immer lässig getragen.", sagte Martin ungeduldig. „Ha, ha, ha!", lachte Werner, „dabei hatte ich ihn nur ganz selten dabei. Mit Logik und Verstand löste man die Fälle."

„Ja, Du hast ja Recht, Vater. Auf jeden Fall haben Bauarbeiter eine recht gut erhaltene Leiche hinter einer zweiten Wand entdeckt. Er war der Politiker Ernst Bredenger, sagt Dir das etwas?", fragte Martin Feddersen. Werner Feddersen war zwar an Demenz erkrankt, aber sein Langzeitgedächtnis arbeitete tadellos, und so freute er sich darüber, zu dem Fall etwas beitragen zu können. „Warte Sohn, warte. Ja sicher, ich erinnere mich. Es war die Zeit um 1960 bis 1966. Das Sonderdezernat H1 hatte mit den schweren Jungs auf See zu tun. Es wurde viel geschmuggelt. Die Wasserschutzpolizei schloss sich uns an. Wir arbeiteten eher verdeckt. Die Politik machte aber ein riesiges Getöse aus der Sache. Ich erinnere mich noch, als dieser Politiker, na, wie hieß er noch?" „Bredenger, Ernst Bredenger, Vater", warf Martin ein. „Ja, richtig, Bredenger. Er erklärte den Schmugglern den Krieg. Sylt solle sauber bleiben, rief er laut auf dem Rathausplatz. Und was war? Er wurde von einem gut betuchten zugezogenen Kriminellen bestochen. Wir nannten den Fall damals den Schickimicki-Fall und dachten, dass der Politiker über alle Berge war. Und der ist jetzt gefunden worden? Das ist ja ein Ding." „Kannst du dich an den zugezogenen Mann erinnern?", fragte Martin. „Nein, den haben wir nie gefasst. Der einzige Fall, der unter meiner Leitung nie aufgelöst wurde. Aber warte, da ist noch etwas. Er sagte immer zu unserem Spitzel, dass er in der Lage sei, Blitzschnell zu flüchten. Hilft dir das, Sohn?", sagte der Ex- Kriminalhauptmeister Werner Feddersen. „Ganz bestimmt, Sherriff. Lass' uns am Sonntag Mutter auf dem Keitumer Friedhof besuchen. Ist das OK?", fragte Martin. „Prima, ich freue mich!", rief der Vater seinem Sohn bei der Verabschiedung zu.

Im Sonderdezernat H1 trug man alle Fakten zusammen. „Wenn wir den Fall noch aufklären, dann kannst du ja beruhigt in Rente gehen.", sagte Kommissar Jürgens, der gerade vom Festland aus die neue vierspurige Straße über den Hindenburgdamm benutzen durfte. „Ist bestimmt viel los auf der neuen Strecke?", fragte ein Kollege. „Ja, das schon. Ich war gestern bei der Einweihung dabei und übernachtete bei meiner Schwester in Niebüll. Aber es war doch notwendig, nachdem der Zugverkehr für Fahrzeuge eingestellt wurde. Es gibt viele Vorteile, so lässt sich doch für eine geringe Gebühr mal eben die Insel besuchen. Auch sind viele Pendler wieder auf die Insel gezogen. Bald gibt es die vierfache Zahl an Insulanern gegenüber 2015. Da hat die Politik ein gutes Werk getan.", so Jürgens. „Apropos Politik, was ist nun mit unserem Fall, dem

Politiker?", drehte Kommissar Martin Feddersen die Unterhaltung wieder in die richtige Richtung. „Was meinte dein Vater damit, dass dieser Mister X blitzschnell die Insel verlassen könne?", fragte ein Kommissar Rene Brandt. „Ich vermute", so Martin Feddersen, „unser Mister X müsste nahe am Flughafen, an den Häfen List, Munkmarsch oder Hörnum wohnen oder am Sylt-Shuttle in Westerland. Ich habe da so eine Idee. Anna, gehe bitte zum Bauamt und lass' dir eine Liste über Neubauten in den 1960'er Jahren geben."

Am nächsten Tag arbeitete das Sonderdezernat-Team diese Listen ab. Ein verdächtiger Eintrag ließ die Beamten aufhorchen. Der Eintrag im Grundbuchamt „Ungereimtheiten beim Erwerb des Grundstücks Westerland nahe Bahnhof F65/Akte 3487" deutete vielleicht auf Bestechung hin, denn der Besitzer war bei der Polizei aktenkundig. Natürlich konnten die Beamten auch völlig falsch liegen. Die Kommissare Feddersen und Tochter überprüften das Grundstück und die Bewohner. Im besagten Haus trafen sie auf den 77 Jährigen Horst Hofer. Das Haus war sehr luxuriös eingerichtet. Ein Geländewagen und ein Jaguar standen vor der Tür. Horst Hofer mit Goldkettchen und braungebrannten Körper. „Moin, Herr Hofer. Ich habe da einmal eine Frage und würde gern sofort zur Sache kommen. Sagt Ihnen der Politiker Ernst Bredenger etwas?", fragte Kommissar Martin Feddersen. „Äh, lassen sie mich überlegen, Herr Kommissar.", antwortete Horst Hofer. „Herr Hofer, Ihre Fingerabdrücke wurden auf Gegenständen des toten Politikers gefunden. Was sagen Sie nun?", sagte Kommissarin Anna Feddersen forsch. Nach einem weiteren intensiven Verhör im Gebäude des Sonderdezernat H1 gestand der 77 Jährige den Mord. Und Mord verjährt nie.

Tage später besuchte Familie Feddersen wie versprochen mit Sherriff Werner Feddersen den Keitumer Friedhof. Danach ging es zu einem Gebet in die Kirche St. Severin. Es war ein herrlicher warmer Tag mit einem strahlend blauen Himmel. Martin Feddersen nahm seine Tochter Anna und seinen Vater

Werner in den Arm und sagte: „Alles geht
seinen Weg, alles kommt so wie es kommen
soll. Dein Opa, liebe Anna, war mein Vorbild
und gründete das Sonderdezernat H1 in
Hörnum. Morgen übergebe ich dir die
Leitung. Ich freue mich, dass auf der Insel
Sylt immer Recht und Ordnung durch
unsere Familie herrschte. Ich bin stolz
drauf." „Und denke daran, liebe Enkelin, die
Dienstwaffe muss zwar sein, aber löse
Deine Fälle immer mit Logik und Verstand.
Herzlichen Glückwunsch zur Beförderung.",
sagte der Ex-Polizeihauptmeister Werner
Feddersen. Es war ein herrlicher Tag auf der
Insel Sylt.

Annas Fall

Wenn ich mich noch nicht vorgestellt habe, so tu ich es hiermit. Ich heiße Anna Feddersen, bin 30 Jahre jung und trete das Erbe meines Großvaters und Vaters an. Ich habe vor kurzem das Sonderdezernat H1 übernommen. Nun lasse ich die Herren Kollegen nach meiner Pfeife tanzen. Natürlich so, dass sie es nicht merken. Rene Brandt hat sich unsterblich in mich verguckt. Ich hatte es sehr früh gemerkt, aber mir nichts anmerken lassen. Hatte mich einfach blöd gestellt. Jedenfalls sind wir nun ein Paar. Rene ist wieder ledig. Seitdem er von seiner Frau geschieden ist, hat er nur Ärger mit dieser Schnepfe. Sie will immer mehr, obwohl sie ihn schon nackt ausgezogen hat. Rene ist ein toller Mann und hat so einen Scheiß nicht verdient. Den letzten Fall, den ich bearbeiten musste, bevor ich meinen ersten Urlaub antreten konnte, war folgender: Marion Hinrichsen ist hier aus Hörnum. Sie kam an diesem Tag aufgelöst und weinerlich in das Kommissariat und meldete ihren fünf Jahre alten kleinen Sohn als vermisst an. Er war, laut ihrer Aussage, schon über einen Tag verschwunden. Wenn ich gewusst hätte, dass diese Frau eine notorische Lügnerin und Psychopathin ist, hätte ich mich auf diesen Fall nicht eingelassen. Wir machten uns mit einem riesigen Aufgebot von Polizisten auf den Weg um das Kind zu suchen und fanden ihn nicht.

Das ging tagelang so. Suchmeldungen und Plakate gingen über die ganze Insel. Nichts. Langsam hatte ich, so traurig es klingen mag, die Schnauze voll, denn ich traute dieser Frau nicht. Meine Menschenkenntnis war so groß, dass ich wenig später bestätigt bekam, was ich vermutete. Was wollte diese Hinrichsen? Was bezweckte sie mit dieser Aktion? Wo war der Junge? Ich glaubte nicht an eine Entführung. Sie behauptete, dass ihr geschiedener Mann etwas mit dem Verschwinden des Kindes zu tun hätte. Sie meinte auch, dass Olaf Hinrichsen, der Vater des kleinen Jungen, seine Finger da mit drin habe. Unglaublich. Der Fall wurde immer eigenartiger. Olaf Hinrichsen wurde von der örtlichen Kripo aufgesucht. Er wohnt am Ellenbogen der Insel. Tja, Olaf war ein liebevoller Vater, der sich immer gut um seinen Sohn kümmerte. Seine Nachbarn bestätigten dies. Hinrichsen hatte mit der Sache nichts zu tun, dass stand fest. Die Aufregung wuchs und wuchs. Olaf Hinrichsen kam ins Kommissariat und wollte helfen seinen Sohn zu finden. Hinrichsen ließ durchblicken, dass er seiner Frau nicht traue, denn sie wäre ganz schön sauer auf ihn. Olaf konnte ihr einfach nicht die Liebe geben, die sie von ihm erwartete, denn die Gefühle für diese Frau waren recht schnell abgekühlt. Oft behandelte sie das Kind ungerecht und schlug ihn. Olaf wollte das Sorgerecht für sich selbst beantragen, hatte aber kein Glück. Man glaubte nur Marion. Sie war die Mutter und das Kind sollte bei ihr bleiben. Marion Hinrichsen blieb jedenfalls dabei, dass ihr geschiedener Mann etwas mit dem Verschwinden des Kleinen zu tun habe. Nun gut, eines Morgens machten wir uns auf den Weg zur Wohnung von Marion Hinrichsen. Mir schwante etwas Schlimmes. Dort angekommen, stellten wir fest, dass diese

Frau in einem tollen Reihenhaus lebte. Olaf hatte es ihr und dem Jungen überlassen. Geld hatte er genug. Er verdiente Millionen mit seinen Unternehmungen. Er vermietete für viel Geld Baumaschinen an Firmen, denn gebaut wird auf Sylt ständig. Rene, Thomas, Olaf und meine Wenigkeit, standen nun vor der Tür. Ich hatte ein komisches Gefühl und es sollte mich auch nicht täuschen.

Einen Summton vernahmen alle, nein, es war ein Wimmern. Vielleicht von einer Katze? Olaf Hinrichsen erkannte sofort, dass es sich um die Stimme von seinem kleinen Jungen handelte. Wir klingelten. Nach einer Weile öffnete Marion. Diese dummdreiste Person fragte uns auch noch, was wir denn wollten und was ihr geschiedener Mann hier zu suchen hätte. Dieses Luder behauptete auch noch, dass Olaf ihren Sohn schon des Öfteren entführt hätte. Er solle doch gefälligst ihren Sohn zurückbringen. Das schlägt doch wohl dem Fass den Boden aus, oder? Wir stießen diese völlig kranke Frau zur Seite und bahnten uns einen Weg in Richtung Keller. Das Weinen des Kindes wurde immer lauter und eindringlicher. Olaf forderte seinen Sohn auf, durchzuhalten, er wäre sofort da. Ein riesiger, kalter Keller mit mehreren kleinen Räumen war zu sehen. In einem dieser Räume saß das Kind. An Händen und Füssen festgebunden. Nur mit einem dünnen Hemdchen bekleidet. Er weinte jämmerlich. Olaf Hinrichsen löste sofort seine Fesseln und nahm ihn ganz sacht in den Arm. Er versprach dem Jungen, dass nun alles gut würde und er nie mehr Angst haben müsse. Sein kleiner Körper war auch noch mit roten Striemen übersät. Es stellte sich später heraus, dass der kleine Junge schon jahrelang diese Qualen ertragen musste.

Weil Marion Hinrichsen sich von ihrem Mann nicht geliebt fühlte, ließ sie diesen Frust krankhafter Weise an dem armen Kind ab. Wenn Olaf an seinem Besuchswochenende seinen Jungen abholte, wurde ihm immer gesagt, dass das Kind sich wieder geprügelt habe. Dem Kleinen wurde verboten ein Wort darüber zu sagen, wenn ihn seine Mutter wieder einmal quälte. Aber Olaf hatte schon immer den Verdacht, dass da etwas nicht stimmte.

Nun, was soll ich sagen, der Junge kam, nachdem der Vater das alleinige Sorgerecht beantragte, für immer zu ihm. Dies versuchte er in der Vergangenheit schon öfter, doch man gab immer der Mutter den Vorzug. Marion Hinrichsen wurde in die Psychiatrie eingeliefert und muss danach noch ins Gefängnis. Hoffentlich kommt sie nie wieder frei.

Ach ja, bevor ich es vergesse. Nachdem ich aus dem Urlaub wieder da war, haben Rene und ich uns verlobt. Beim Fischessen überreichte er mir einen tollen Ring. Nun hab ich ihn für immer an der Backe aber ich liebe ihn eben.

Das Schweinchen Klecks
und andere Kindergeschichten

ISBN 978-3-95744-286-4

Unsere Kinderbücher.

Fitus, der Sylter
Strandkobold

ISBN 978-3-95744-758-6

Fitus, der Sylter
Strandkobold
Gute-Nacht-Geschichten

ISBN 978-3-73922-001-7

Ab Herbst 2015: Fitus, der Sylter
Strandkobold auf Weihnachtstour

UNSER TAGEBUCH, TELEFONBUCH
UND GEBURTSTAGSKALENDER

KURZGESCHICHTEN
FÜR EILIGE

Ab April 2015 gibt es auch ein
Haushaltsbuch und ein Baby-Buch.

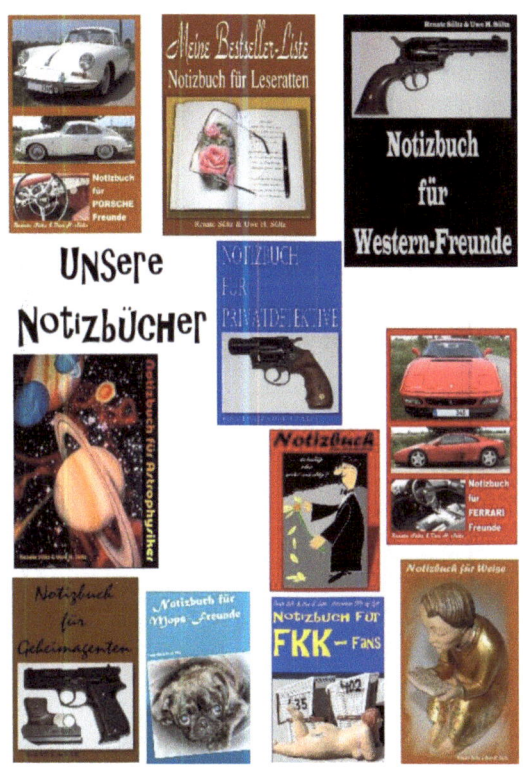

Ebenfalls erhältlich: MY BABY NOTEBOOK
und NOTEBOOK FOR WILD WEST FRIENDS

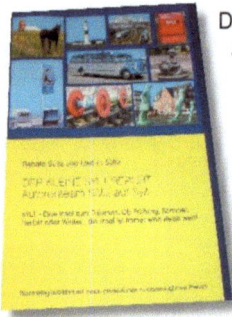

DER KLEINE SYLT REPORT
Autorenteam Sültz auf Sylt

Eine Buchreihe zu
erschwinglichen Preisen
mit immer wechselnden
Themen.

ISBN 978-3-73922-559-3

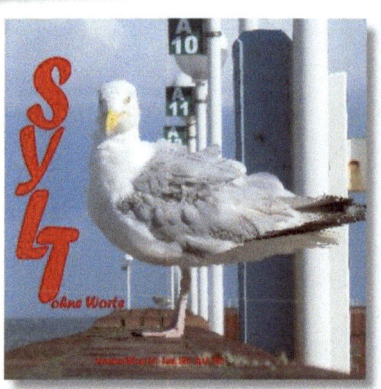

SYLT - Ein Bildband
Die Bilder haben einen hohen Wiedererkennungswert
ISBN 978-3-7392-3086-3

Ab April 2015 ist ein Science-Fiction
erhältlich: SYLT IM JAHR 2495

Auch erhältlich: SYLT & SALATE

Herzlichen Dank für Ihr Interesse!

Autorenteam Sültz auf Sylt